Jean de le Fontaine

Fables livre 1

A Monseigneur le Dauphin

Je chante les héros dont Ésope est le père,
Troupe de qui l'histoire, encor que mensongère,
Contient des vérités qui servent de leçons.
Tout parle en mon ouvrage, et même les poissons :
Ce qu'ils disent s'adresse à tous tant que nous sommes ;
Je me sers d'animaux pour instruire les hommes.
Illustre rejeton d'un prince aimé des cieux,
Sur qui le monde entier a maintenant les yeux,
Et qui faisant fléchir les plus superbes têtes,
Comptera désormais ses jours par ses conquêtes,
Quelque autre te dira d'une plus forte voix
Les faits de tes aïeux et les vertus des rois.
Je vais t'entretenir de moindres aventures,
Te tracer en ces vers de légères peintures ;
Et si de t'agréer je n'emporte le prix,
J'aurai du moins l'honneur de l'avoir entrepris.

La Cigale et la Fourmi

La cigale, ayant chanté
Tout l'été,
Se trouva fort dépourvue
Quand la bise fut venue.
Pas un seul petit morceau
De mouche ou de vermisseau
Elle alla crier famine
Chez la fourmi sa voisine,

La priant de lui prêter
Quelque grain pour subsister
Jusqu'à la saison nouvelle
« Je vous paierai, lui dit-elle,
Avant l'oût, foi d'animal,
Intérêt et principal. »
La fourmi n'est pas prêteuse ;
C'est là son moindre défaut.
« Que faisiez-vous au temps chaud ?
Dit-elle à cette emprunteuse.
– Nuit et jour à tout venant
Je chantais, ne vous déplaise.
– Vous chantiez ? j'en suis fort aise.
Eh bien : dansez maintenant. »

Le Corbeau et le Renard

Maître corbeau, sur un arbre perché
Tenait en son bec un fromage.
Maître renard par l'odeur alléché
Lui tint à peu près ce langage :
« Hé ! bonjour Monsieur du Corbeau
Que vous êtes joli ! que vous me semblez beau !
Sans mentir, si votre ramage
Se rapporte à votre plumage
Vous êtes le phénix des hôtes de ces bois »
A ces mots le corbeau ne se sent pas de joie
Et pour montrer sa belle voix
Il ouvre un large bec laisse tomber sa proie.
Le renard s'en saisit et dit : « Mon bon Monsieur
Apprenez que tout flatteur

Vit aux dépens de celui qui l'écoute :
Cette leçon vaut bien un fromage sans doute. »
Le corbeau honteux et confus
Jura mais un peu tard, qu'on ne l'y prendrait plus.

La grenouille qui veut se faire aussi grosse que le bœuf

Une grenouille vit un bœuf
Qui lui sembla de belle taille.
Elle, qui n'était pas grosse en tout comme un œuf,
Envieuse, s'étend, et s'enfle et se travaille,
Pour égaler l'animal en grosseur,
Disant : « Regardez bien, ma sœur ;
Est-ce assez ? dites-moi : n'y suis-je point encore ?
Nenni. – M'y voici donc ? – Point du tout. – M'y voilà ?
– Vous n'en approchez point. » La chétive pécore
S'enfla si bien qu'elle creva.

Le monde est plein de gens qui ne sont pas plus sages.
Tout bourgeois veut bâtir comme les grands seigneurs,
Tout prince a des ambassadeurs,
Tout marquis veut avoir des pages.

Les deux mulets

Deux mulets cheminaient, l'un d'avoine chargé,
L'autre portant l'argent de la gabelle.
Celui-ci, glorieux d'une charge si belle,
N'eût voulu pour beaucoup en être soulagé.
Il marchait d'un pas relevé,
Et faisait sonner sa sonnette :
Quand, l'ennemi se présentant,
Comme il en voulait à l'argent,
Sur le mulet du fisc une troupe se jette,
Le saisit au frein et l'arrête.
Le mulet, en se défendant,
Se sent percé de coups ; il gémit, il soupire.
« Est-ce donc là, dit-il, ce qu'on m'avait promis ?
Ce mulet qui me suit du danger se retire ;
Et moi j'y tombe et je péris !
– Ami, lui dit son camarade,

Il n’est pas toujours bon d’avoir un haut emploi :
Si tu n’avais servi qu’un meunier, comme moi,
Tu ne serais pas si malade. »

Le Loup et le Chien

Un loup n'avait que les os et la peau,
Tant les chiens faisaient bonne garde.
Ce loup rencontre un dogue aussi puissant que beau,
Gras, poli, qui s'était fourvoyé par mégarde.
L'attaquer, le mettre en quartiers,
Sire loup l'eût fait volontiers ;
Mais il fallait livrer bataille,
Et le mâtin était de taille
A se défendre hardiment.
Le loup donc, l'aborde humblement,
Entre en propos, et lui fait compliment
Sur son embonpoint, qu'il admire.
« Il ne tiendra qu'à vous, beau sire,
D'être aussi gras que moi, lui répartit le chien.
Quittez les bois, vous ferez bien :

Vos pareils y sont misérables,
Cancres, hères, et pauvres diables,
Dont la condition est de mourir de faim.
Car quoi ? rien d'assuré ; point de franche lippée ;
Tout à la pointe de l'épée.
Suivez moi, vous aurez un bien meilleur destin. »
Le loup reprit : « Que me faudra-t-il faire ?
–Presque rien, dit le chien : donner la chasse aux gens
Portant bâtons et mendiants ;
Flatter ceux du logis, à son maître complaire :
Moyennant quoi votre salaire
Sera force reliefs de toutes les façons :
Os de poulets, os de pigeons,
Sans parler de mainte caresse. »
Le loup déjà se forge une félicité
Qui le fait pleurer de tendresse
Chemin faisant, il vit le cou du chien pelé.
« Qu'est-ce là ? lui dit-il. – Rien. – Quoi ? rien ? – Peu de chose.
– Mais encor ? – Le collier dont je suis attaché
De ce que vous voyez est peut-être la cause.
– Attaché ? dit le loup : vous ne courez donc pas
Où vous voulez ? – Pas toujours ; mais qu'importe ?
– Il importe si bien, que de tous vos repas
Je ne veux en aucune sorte,
Et ne voudrais pas même à ce prix un trésor. »

Cela dit, maître loup s'enfuit, et court encor.

La Génisse, la Chèvre et la Brebis en société avec le Lion

La génisse, la chèvre et leur sœur la brebis,
Avec un fier lion, seigneur du voisinage,
Firent société, dit-on, au temps jadis,
Et mirent en commun le gain et le dommage.
Dans les lacs de la chèvre un cerf se trouva pris.
Vers ses associés aussitôt elle envoie.
Eux venus, le lion par ses ongles compta,
Et dit : « Nous sommes quatre à partager la proie ».
Puis, en autant de parts le cerf il dépeça ;
Prit pour lui la première en qualité de sire :
« Elle doit être à moi, dit-il, et la raison,
C'est que je m'appelle lion :
A cela l'on n'a rien à dire.
La seconde, par droit, me doit échoir encor :

Ce droit, vous le savez, c'est le droit du plus fort.
Comme le plus vaillant, je prétends la troisième.
Si quelqu'une de vous touche à la quatrième,
Je l'étranglerai tout d'abord. »

La Besace

Jupiter dit un jour : « Que tout ce qui respire
S'en vienne comparaître aux pieds de ma grandeur :
Si dans son composé quelqu'un trouve à redire,
Il peut le déclarer sans peur ;
Je mettrai remède à la chose.
Venez, singe ; parlez le premier, et pour cause.
Voyez ces animaux, faites comparaison
De leurs beautés avec les vôtres.
Êtes-vous satisfait ? – Moi ? dit-il ; pourquoi non ?
N'ai-je pas quatre pieds aussi bien que les autres ?
Mon portrait jusqu'ici ne m'a rien reproché ;
Mais pour mon frère l'ours, on ne l'a qu'ébauché :
Jamais, s'il me veut croire, il ne se fera peindre. »
L'ours venant là-dessus, on crut qu'il s'allait plaindre.
Tant s'en faut : de sa forme il se loua très fort ;
Glosa sur l'éléphant, dit qu'on pourrait encor

Ajouter à sa queue, ôter à ses oreilles ;
Que c'était une masse informe et sans beauté.
L'éléphant étant écouté,
Tout sage qu'il était, dit des choses pareilles :
Il jugea qu'à son appétit
Dame baleine était trop grosse.
Dame fourmi trouva le ciron trop petit,
Se croyant, pour elle, un colosse.
Jupin les renvoya s'étant censurés tous,
Du reste contents d'eux.
Mais parmi les plus fous
Notre espèce excella ; car tout ce que nous sommes,
Lynx envers nos pareils, et taupes envers nous,
Nous nous pardonnons tout, et rien aux autres hommes :
On se voit d'un autre œil qu'on ne voit son prochain.
Le fabricateur souverain
Nous créa besaciers tous de même manière,
Tant ceux du temps passé que du temps d'aujourd'hui :
Il fit pour nos défauts la poche de derrière,
Et celle de devant pour les défauts d'autrui.

L'hirondelle et les petits oiseaux

L'Hirondelle et les petits Oiseaux

Une hirondelle en ses voyages
Avait beaucoup appris. Quiconque a beaucoup vu
Peut avoir beaucoup retenu.
Celle-ci prévoyait jusqu'aux moindres orages,
Et devant qu'ils ne fussent éclos,
Les annonçait aux matelots.
Il arriva qu'au temps que le chanvre se sème,

Elle vit un manant en couvrir maints sillons.
« Ceci ne me plaît pas, dit-elle aux oisillons :
Je vous plains, car pour moi, dans ce péril extrême,
Je saurai m'éloigner, ou vivre en quelque coin.
Voyez-vous cette main qui, par les airs chemine ?
Un jour viendra, qui n'est pas loin,
Que ce qu'elle répand sera votre ruine.
De là naîtront engins à vous envelopper,
Et lacets pour vous attraper,
Enfin, mainte et mainte machine
Qui causera dans la saison
Votre mort ou votre prison :
Gare la cage ou le chaudron !
C'est pourquoi, leur dit l'hirondelle,
Mangez ce grain et croyez-moi. »
Les oiseaux se moquèrent d'elle :
Ils trouvaient aux champs trop de quoi.
Quand la chènevière fut verte,
L'hirondelle leur dit : « Arrachez brin à brin
Ce qu'a produit ce mauvais grain,
Ou soyez sûrs de votre perte.
–Prophète de malheur, babillarde, dit-on,
Le bel emploi que tu nous donnes !
Il nous faudrait mille personnes
Pour éplucher tout ce canton. »
La chanvre étant tout à fait crue,

L’hirondelle ajouta : « Ceci ne va pas bien ;
Mauvaise graine est tôt venue.
Mais puisque jusqu’ici l’on ne m’a crue en rien,
Dès que vous verrez que la terre
Sera couverte, et qu’à leurs blés
Les gens n’étant plus occupés
Feront aux oisillons la guerre ;
Quand reglingettes et réseaux
Attraperont petits oiseaux,
Ne volez plus de place en place,
Demeurez au logis ou changez de climat :
Imitez le canard, la grue ou la bécasse.
Mais vous n’êtes pas en état
De passer, comme nous, les déserts et les ondes,
Ni d’aller chercher d’autres mondes ;
C’est pourquoi vous n’avez qu’un parti qui soit sûr,
C’est de vous enfermer aux trous de quelque mur. »
Les oisillons, las de l’entendre,
Se mirent à jaser aussi confusément
Que faisaient les Troyens quand la pauvre Cassandre
Ouvrait la bouche seulement.
Il en prit aux uns comme aux autres :
Maint oisillon se vit esclave retenu.

Nous n’écoutons d’instincts que ceux qui sont les nôtres
Et ne croyons le mal que quand il est venu.

Le Rat de ville et
le Rat des champs

Le Rat de ville et le Rat des Champs

Autrefois le rat des villes
Invita le rat des champs
D’une façon fort civile,
A des reliefs d’ortolans

Sur un tapis de Turquie
Le couvert se trouva mis.

Je laisse à penser la vie
Que firent ces deux amis.

Le régal fut fort honnête :
Rien ne manquait au festin ;
Mais quelqu'un troubla la fête
Pendant qu'ils étaient en train.

A la porte de la salle
Ils entendirent du bruit :
Le rat de ville détale,
Son camarade le suit.

Le bruit cesse, on se retire :
Rats en campagne aussitôt ;
Et le citadin de dire :
« Achevons tout notre rôt.

– C'est assez, dit le rustique ;
Demain vous viendrez chez moi.
Ce n'est pas que je me pique
De tous vos festins de roi ;

Mais rien ne vient m'interrompre :
Je mange tout à loisir.
Adieu donc. Fi du plaisir

Que la crainte peut corrompre ! »

Le loup et l'agneau

Le Loup et l'Agneau

La raison du plus fort est toujours la meilleure :
Nous l'allons montrer tout à l'heure.

Un Agneau se désaltérait
Dans le courant d'une onde pure.
Un loup survient à jeun, qui cherchait aventure,
Et que la faim en ces lieux attirait.

« Qui te rend si hardi de troubler mon breuvage ?
Dit cet animal plein de rage :
Tu seras châtié de ta témérité.
– Sire, répond l'agneau, que Votre Majesté
Ne se mette pas en colère ;
Mais plutôt qu'elle considère
Que je me vas désaltérant
Dans le courant,
Plus de vingt pas au-dessous d'Elle ;
Et que par conséquent, en aucune façon
Je ne puis troubler sa boisson.
– Tu la troubles, reprit cette bête cruelle ;
Et je sais que de moi tu médis l'an passé.
– Comment l'aurais-je fait si je n'étais pas né ?
Reprit l'agneau ; je tette encor ma mère
– Si ce n'est toi, c'est donc ton frère.
– Je n'en ai point. – C'est donc l'un des tiens ;
Car vous ne m'épargnez guère,
Vous, vos bergers et vos chiens.
On me l'a dit : il faut que je me venge. »
Là-dessus, au fond des forêts
Le loup l'emporte et puis le mange,
Sans autre forme de procès.

L'homme et son image

Un homme qui s'aimait sans avoir de rivaux
Passait dans son esprit pour le plus beau du monde :
Il accusait toujours les miroirs d'être faux,
Vivant plus que content dans une erreur profonde.
Afin de le guérir, le sort officieux
Présentait partout à ses yeux
Les conseillers muets dont se servent nos dames :
Miroirs dans les logis, miroirs chez les marchands,
Miroirs aux poches des galands,
Miroirs aux ceintures des femmes.
Que fait notre Narcisse ? Il se va confiner
Aux lieux les plus cachés qu'il peut s'imaginer,
N'osant plus des miroirs éprouver l'aventure.
Mais un canal, formé par une source pure,
Se trouve en ces lieux écartés :

Il s'y voit, il se fâche, et ses yeux irrités
Pensent apercevoir une chimère vaine.
Il fait tout ce qu'il peut pour éviter cette eau ;
Mais quoi ? Le canal est si beau
Qu'il ne le quitte qu'avec peine.

On voit bien où je veux venir.
Je parle à tous ; et cette erreur extrême
Est un mal que chacun se plaît d'entretenir.
Notre âme, c'est cet homme amoureux de lui-même ;
Tant de miroirs, ce sont les sottises d'autrui,
Miroirs, de nos défauts les peintres légitimes ;
Et quant au canal, c'est celui
Que chacun sait, le livre des Maximes.

Le dragon à plusieurs têtes et le dragon à plusieurs queues

Un envoyé du Grand Seigneur
Préférait, dit l'histoire, un jour chez l'empereur
Les forces de son maître à celles de l'Empire.
Un allemand se mit à dire :
« Notre prince a des dépendants
Qui, de leur chef, sont si puissants
Que chacun d'eux pourrait soudoyer une armée. »
Le chiaoux, homme de sens,
Lui dit : « Je sais par renommée
Ce que chaque Électeur peut de monde fournir ;
Et cela me fait souvenir
D'une aventure étrange, et qui pourtant est vraie.
J'étais en un lieu sûr, lorsque je vis passer
Les cent têtes d'une hydre au travers d'une haie.

Mon sang commence à se glacer ;
Et je crois qu'à moins on s'effraie.
Je n'en eus toutefois que la peur sans le mal :
Jamais le corps de l'animal
Ne put venir vers moi, ni trouver d'ouverture.
Je rêvais à cette aventure,
Quand un autre dragon, qui n'avait qu'un seul chef
Et bien plus qu'une queue, à passer se présente.
Me voilà saisi derechef
D'étonnement et d'épouvante.
Ce chef passe, et le corps, et chaque queue aussi :
Rien ne les empêcha ; l'un fit chemin à l'autre.
Je soutiens qu'il en est ainsi
De votre empereur et du nôtre. »

Les voleurs et l'Âne

Pour un âne enlevé deux voleurs se battaient :
L'un voulait le garder, l'autre le voulait vendre.
Tandis que coups de poing trottaient,
Et que nos champions songeaient à se défendre,
Arrive un troisième larron
Qui saisit maître Aliboron.

L'âne, c'est quelquefois une pauvre province :
Les voleurs sont tel ou tel prince,
Comme le Transylvain, le Turc et le Hongrois.
Au lieu de deux, j'en ai rencontré trois :
Il est assez de cette marchandise.
De nul d'eux n'est souvent la province conquise :
Un quart voleur survient, qui les accorde net
En se saisissant du baudet.

Simonide préservé par les Dieux

on ne peut trop louer trois sortes de personnes :
Les dieux, sa maîtresse et son roi.
Malherbe le disait, j'y souscris, quant à moi :
Ce sont maximes toujours bonnes.
La louange chatouille et gagne les esprits.
Voyons comme les dieux l'ont quelquefois payée.

Simonide avait entrepris
L'éloge d'un athlète ; et la chose essayée,
Il trouva son sujet plein de récits tout nus.
Les parents de l'athlète étaient gens inconnus ;
Son père, un bon bourgeois ; lui, sans autre mérite ;
Matière infertile et petite.
Le poète d'abord, parla de son héros.
Après en avoir dit ce qu'il en pouvait dire,

Il se jette à côté, se met sur le propos
De Castor et Pollux ; ne manque pas d'écrire
Que leur exemple était aux lutteurs glorieux ;
Élève leurs combats, spécifiant les lieux
Où ces frères s'étaient signalés davantage ;
Enfin l'éloge de ces dieux
Faisait les deux tiers de l'ouvrage.
L'athlète avait promis d'en payer un talent ;
Mais quand il le vit, le galand
N'en donna que le tiers ; et dit fort franchement
Que Castor et Pollux acquittassent le reste.
« Faites vous contenter par ce couple céleste.
Je veux vous traiter cependant :
Venez souper chez moi ; nous ferons bonne vie :
Les conviés sont gens choisis,
Mes parents, mes meilleurs amis,
Soyez donc de la compagnie. »
Simonide promit. Peut-être qu'il eut peur
De perdre, outre son dû, le gré de sa louange.
Il vient : l'on festine, l'on mange.
Chacun étant en belle humeur,
Un domestique accourt, l'avertit qu'à la porte
Deux hommes demandaient à le voir promptement.
Il sort de table ; et la cohorte
N'en perd pas un seul coup de dent.
Ces deux hommes étaient les gémeaux de l'éloge.

Tous deux lui rendent grâce, et, pour prix de ses vers,
Ils l'avertissent qu'il déloge,
Et que cette maison va tomber à l'envers.
La prédiction en fut vraie.
Un pilier manque ; et le plafond
Ne trouvant plus rien qui l'étaie,
Tombe sur le festin, brise plats et flacons,
N'en fait pas moins aux échansons.
Ce ne fut pas le pis, car pour rendre complète
La vengeance due au poète,
Une poutre cassa les jambes à l'athlète,
Et renvoya les convies
Pour la plupart estropiés.
La renommée eut soin de publier l'affaire :
Chacun cria miracle.
On doubla le salaire
Que méritaient les vers d'un homme aimé des dieux.
Il n'était fils de bonne mère
Qui, les payant à qui mieux mieux,
Pour ses ancêtres n'en fit faire.

Je reviens à mon texte, et dis premièrement
Qu'on ne saurait manquer de louer largement
Les dieux et leurs pareils, de plus que Melpomène
Souvent, sans déroger, trafique de sa peine ;
Enfin, qu'on doit tenir notre art en quelque prix.

Les grands se font honneur dès lors qu'ils nous font grâce :
Jadis l'Olympe et le Parnasse
Étaient frères et bons amis.

La mort et le malheureux

Un malheureux appelait tous les jours
La mort à son secours
« O Mort, lui disait-il, que tu me sembles belle !
Viens vite, viens finir ma fortune cruelle ! »
La mort crut, en venant, l'obliger en effet.
Elle frappe à sa porte, elle entre, elle se montre.
« Que vois-je ? cria-t-il : ôtez-moi cet objet ;
Qu'il est hideux ! que sa rencontre
Me cause d'horreur et d'effroi
N'approche pas, ô Mort ! ô Mort, retire-toi ! »

Mécénas fut un galant homme ;
Il a dit quelque part : « Qu'on me rende impotent.
Cul-de-jatte, goutteux, manchot, pourvu qu'en somme
Je vive, c'est assez, je suis plus que content. »

Ne viens jamais, ô Mort ; on t'en dit tout autant.

L'homme entre deux âges et ses deux maîtresses

Un homme de moyen âge,
Et tirant sur le grison
Jugea qu'il était saison
De songer au mariage.
Il avait du comptant,
Et partant
De quoi choisir ; toutes voulaient lui plaire :
En quoi notre amoureux ne se pressait pas tant ;
Bien adresser n'est pas petite affaire.
Deux veuves sur son cœur eurent le plus de part :
L'une encor verte, et l'autre un peu bien mûre,
Mais qui réparait par son art
Ce qu'avait détruit la nature.
Ces deux veuves, en badinant,
En riant, en lui faisant fête,

L'allaient quelquefois testonnant,
C'est à dire ajustant sa tête.
La vieille, à tous moments, de sa part emportait
Un peu du poil noir qui restait
Afin que son amant en fût plus à sa guise.
La jeune saccageait les poils blancs à son tour.
Toutes deux firent tant, que notre tête grise
Demeura sans cheveux, et se douta du tour.
« Je vous rends, leur dit-il, mille grâces, les belles,
Qui m'avez si bien tondu :
J'ai plus gagné que perdu ;
Car d'hymen point de nouvelles.
Celle que je prendrais voudrait qu'à sa façon
Je vécusse, et non à la mienne.
Il n'est tête chauve qui tienne.
Je vous suis obligé, belles, de la leçon. »

Le Renard et la Cigogne

Compère le renard se mit un jour en frais,
Et retint à dîner commère la cigogne.
Le régal fut petit et sans beaucoup d'apprêts :
Le galand, pour toute besogne,
Avait un brouet clair : il vivait chichement.
Ce brouet fut par lui servi sur une assiette :
La cigogne au long bec n'en put attraper miette,
Et le drôle eut lapé le tout en un moment.
Pour se venger de cette tromperie,
A quelque temps de là, la cigogne le prie.
« Volontiers, lui dit-il, car avec mes amis,
Je ne fais point cérémonie. »
A l'heure dite, il courut au logis
De la cigogne son hôtesse ;
Loua très fort sa politesse ;
Trouva le dîner cuit à point :

Bon appétit surtout, renards n'en manquent point.
Il se réjouissait à l'odeur de la viande
Mise en menus morceaux, et qu'il croyait friande.
On servit, pour l'embarrasser,
En un vase à long col et d'étroite embouchure.
Le bec de la cigogne y pouvait bien passer ;
Mais le museau du sire était d'autre mesure.
Il lui fallut à jeun retourner au logis,
Honteux comme un renard qu'une poule aurait pris,
Serrant la queue, et portant bas l'oreille.

Trompeurs, c'est pour vous que j'écris :
Attendez-vous à la pareille.

L'enfant et le maître d'école

Dans ce récit je prétends faire voir
D'un certain sot la remontrance vaine.

Un jeune enfant dans l'eau se laissa choir
En badinant sur les bords de la Seine.
Le ciel permit qu'un saule se trouva,
Dont le branchage, après Dieu, le sauva.
S'étant pris, dis-je, aux branches de ce saule,
Par cet endroit passe un maître d'école ;
L'enfant lui crie : « Au secours, je péris. »
Le magister, se tournant à ses cris,
D'un ton fort grave à contretemps s'avise
De le tancer : « Ah ! le petit babouin !
Voyez, dit-il, où l'a mis sa sottise !
Et puis, prenez de tels fripons le soin.
Que les parents sont malheureux qu'il faille

Toujours veiller à semblable canaille !
Qu'ils ont de maux ! et que je plains leur sort. »
Ayant tout dit, il mit l'enfant à bord.

Je blâme ici plus de gens qu'on ne pense.
Tout babillard, tout censeur, tout pédant
Se peut connaître au discours que j'avance.
Chacun des trois fait un peuple fort grand :
Le créateur en a béni l'engeance.
En toute affaire ils ne font que songer
Aux moyens d'exercer leur langue.
Eh ! mon ami, tire-moi du danger,
Tu feras après ta harangue.

Le coq et la perle

Un jour un coq détourna
Une perle qu'il donna
Au beau premier lapidaire.
« Je la crois fine, dit-il ;
Mais le moindre grain de mil
Serait bien mieux mon affaire. »

Un ignorant hérita
D'un manuscrit qu'il porta
Chez son voisin le libraire.
« Je crois, dit-il qu'il est bon ;
Mais le moindre ducaton
Serait bien mieux mon affaire. »

Les frelons et les mouches à miel

A l'œuvre on connaît l'artisan.

Quelques rayons de miel sans maître se trouvèrent :
Des frelons les réclamèrent ;
Des abeilles s'opposant,
Devant certaine guêpe on traduisit la cause.
Il était malaisé de décider la chose :
Les témoins déposaient qu'autour de ces rayons
Des animaux ailés, bourdonnant, un peu longs,
De couleur fort tannée, et tels que les abeilles,
Avaient longtemps paru. Mais quoi ! dans les frelons
Ces enseignes étaient pareilles.
La guêpe, ne sachant que dire à ces raisons,
Fit enquête nouvelle, et pour plus de lumière,
Entendit une fourmilière.
Le point n'en put être éclairci.

« De grâce, à quoi bon tout ceci ?
Dit une abeille fort prudente.
Depuis tantôt six mois que la cause est pendante,
Nous voici comme aux premiers jours.
Pendant cela le miel se gâte.
Il est temps désormais que le juge se hâte :
N'a-t-il point assez léché l'ours ?
Sans tant de contredits, et d'interlocutoires,
Et de fatras et de grimoires,
Travaillons, les frelons et nous :
On verra qui sait faire, avec un suc si doux,
Des cellules si bien bâties »
Le refus des frelons fit voir
Que cet art passait leur savoir ;
Et la guêpe adjugea le miel à leurs parties.

Plût à Dieu qu'on réglât ainsi tous les procès :
Que des turcs en cela l'on suivît la méthode !
Le simple sens commun nous tiendrait lieu de code :
Il ne faudrait point tant de frais ;
Au lieu qu'on nous mange, on nous gruge,
On nous mine par des longueurs ;
On fait tant, à la fin, que l'huître est pour le juge,
Les écailles pour les plaideurs.

Le chêne et le roseau

Le Chêne et le Roseau

Le chêne un jour dit au roseau :
« Vous avez bien sujet d'accuser la nature ;
Un roitelet pour vous est un pesant fardeau ;
Le moindre vent qui d'aventure
Fait rider la face de l'eau,
Vous oblige à baisser la tête.
Cependant que mon front, au Caucase pareil,
Non content d'arrêter les rayons du soleil,

Brave l'effort de la tempête.
Tout vous est aquilon, tout me semble zéphyr.
Encor si vous naissiez à l'abri du feuillage
Dont je couvre le voisinage,
Vous n'auriez pas tant à souffrir :
Je vous défendrai de l'orage ;
Mais vous naissez le plus souvent
Sur les humides bords des royaumes du vent.
La nature envers vous me semble bien injuste.
– Votre compassion, lui répondit l'arbuste,
Part d'un bon naturel ; mais quittez ce souci :
Les vents me sont moins qu'à vous redoutables ;
Je plie, et ne romps pas. Vous avez jusqu'ici
Contre leurs coups épouvantables
Résisté sans courber le dos ;
Mais attendons la fin. » Comme il disait ces mots,
Du bout de l'horizon accourt avec furie
Le plus terrible des enfants
Que le nord eût porté jusque là dans ses flancs.
L'arbre tient bon ; le roseau plie.
Le vent redouble ses efforts,
Et fait si bien qu'il déracine
Celui de qui la tête au ciel était voisine,
Et dont les pieds touchaient à l'empire des morts.

Jean de La Fontaine (né le 8 juillet 1621 à Château-Thierry, et mort le 13 avril 1695 à Paris) est un poète français de grande renommée, principalement pour ses *Fables* et dans une moindre mesure ses contes licencieux. On lui doit également des poèmes divers, des pièces de théâtre et des livrets d'opéra qui confirment son ambition de moraliste.

Fin.

Printed by Amazon Italia Logistica S.r.l.
Torrazza Piemonte (TO), Italy

21096090R00030